U0101518

紅樓夢第九十六回

瞞消息鳳姐設奇謀　洩機關顰兒迷本性

話說賈璉拿了那塊假玉忿忿走出到了書房那個人看見賈璉的氣色不好心裡先發了虛了連忙站起來迎着剛要說話只見賈璉冷笑道好大胆我把你這個混賬東西這裡是什麼地方兒你敢來掉鬼回頭便問小廝們呢外頭轟雷一般幾個小廝齊聲答應賈璉道取繩子去綑起他來等老爺回來回明了把他送到衙門裡去衆小廝又一齊答應預備着呢嘴裡雖如此却不動身那人先自唬的手足無措見這般勢派知道難逃公道只得跪下給賈璉碰頭口口聲聲只叫老太爺別生氣

是我一時窮極無奈纔想出這個沒臉的營生來那玉是我借錢做的我也不敢要了只得孝敬府裡的哥兒頑罷說畢又連連磕頭賈璉啐道你這個不知死活的東西這府裡希罕你的那朽不了的浪東西正鬧着只見賴大進來陪着笑向賈璉道二爺別生氣了靠他筭個什麼東西饒了他叫他滾出去罷賈璉道寔在可惡賴大賈璉作好作歹衆人在外頭都說道糊塗狗𣏌的還不給爺和賴大爺磕頭呢快快的滾罷還等窩心脚呢那人趕忙磕了兩個頭抱頭鼠竄而去從此街上鬧動了賈寶玉弄出假寶玉來且說賈政那日拜客回來衆人因爲燈節底下恐怕賈政生氣已過去的事了便也都不肯回只因元妃

的事忙碌了好些時近日寶玉又病着雖有舊例家宴大家無興也無有可記之事到了正月十七日王夫人正盼王子騰來京只見鳳姐進來回說今日二爺在外聽得有人傳說我們家大老爺赶着進京離城只二百多里地在路上沒了太太聽見了沒有王夫人吃驚道我沒有聽見老爺昨晚也沒有說起到底在那裡聽見的鳳姐道說是在樞密張老爺家聽見的王夫人怔了半天那眼淚早流下來了因拭淚說道回來再叫璉兒索性打聽明白了來告訴我鳳姐答應去了王夫人不免暗裡落淚悲女哭弟又為寶玉耽憂如此連三接二都是不隨意的事那裡擱得住便有些心口疼痛起來又加賈璉打聽明白了

來說道舅太爺是赶路勞乏偶然感冒風寒到了十里屯地方延醫調治無奈這個地方沒有名醫誤用了藥一劑就死了但不知家眷可到了那裡沒有王夫人聽了一陣心酸便心口疼得坐不住叫彩雲等扶了上炕還扎掙着叫賈璉去回了賈政即速收拾行裝迎到那裡幫着料理完畢即刻回來告訴我們好叫你媳婦兒放心賈璉不敢違拗只得辭了賈政起身賈政早已知道心裡很不受用又知寶玉失玉已後神志惛憒醫藥無效又值王夫人心疼那年正值京察工部將賈政保列一等二月吏部帶領引見皇上念賈政勤儉謹慎即放了江西糧道即日謝恩已奏明起程日期雖有衆親朋賀喜賈政也無心應

酬只念家中人口不寧又不敢躭延在家正在無計可施只聽見賈母那邊叫請老爺賈政卽忙進去看見王夫人帶着病也在那裡便向賈母請了安賈母叫他坐下便說你不日就要赴任我有多少話與你說不知你聽不聽說着掉下淚來賈政忙站起來說道老太太有話只管吩咐兒子怎敢不遵命呢賈母咽哽着說道我今年八十一歲的人了你又要做外任去偏有你大哥在家你又不能告親老你這一去了我所疼的只有寶玉偏偏的又病得糊塗還不知道怎麼樣呢我昨日叫賴升媳婦出去叫人給寶玉算算命這先生算得好靈說要娶了金命的人幫扶他必要冲冲喜纔好不然只怕保不住我知道你不

信那些話所以教你來商量你的媳婦也在這裡你們兩個也商量商量還是要寶玉好呢還是隨他去呢賈政陪笑說道老太太當初疼兒子這麼疼的難道做兒子的就不疼自己的兒子不成麼只爲寶玉不上進所以時常恨他也不過是恨鐵不成鋼的意思老太太既要給他成家這也是該當的豈有逆着老太太不疼他的理如今寶玉病着兒子也是不放心因老太太不叫他見我所以兒子也不敢言語我到底瞧瞧寶玉是個什麼病王夫人見賈政說着也有些眼圈兒紅知道心裡是疼的便叫襲人扶了寶玉來寶玉見了他父親襲人叫他請安他便請了個安賈政見他臉面很瘦目光無神大有瘋傻之狀便

叫人扶了進去便想到自己也是望六的人了如今又放外任不知道幾年回來倘或這孩子果然不好一則年老無嗣雖說有孫子到底隔了一層二則老太太最疼的是寶玉若有差錯可不是我的罪名更重了瞧瞧王夫人一包眼淚又想到他身上復站起來說老太太這麽大年紀想法兒疼孫子做兒子的還敢違拗老太太主意該怎麽便怎麽就是了但只姨太太那邊不知說明白了沒有王夫人便道姨太太是早應了的只為蟠兒的事沒有結案所以這些時總沒題起賈政又道這就是第一層的難處他哥哥在監裡妹子怎麽出嫁况且貴妃的事雖不禁婚嫁寶玉應照已出嫁的姐姐有九個月的功服此時

也難娶親再者我的起身日期已經奏明不敢耽擱這幾天怎麽辦呢賈母想了一想說的果然不錯若是等這幾件事過去他父親又走了倘或這病一天重似一天怎麽好只可越些禮辦了纔好想定主意便說道你若給他辦呢我自然有個道理包管都礙不着姨太太那邊我和你媳婦親自過去求他蟠兒那裡我央蝌兒去告訴他說是要救寶玉的命諸事將就自然應的若說服裡娶親當真使不得况且寶玉病着也不可教他成親不過是冲冲喜我們兩家愿意孩子們又有金玉的道理婚是不用合的了即挑了好日子按着偺們家分兒過了禮赶着挑個娶親日子一槩鼓樂不用倒按宮裡的樣子用十二對

提燈一乘八人轎子擡了來照南邊規矩拜了堂一樣坐床撒帳可不是算娶了親了麽寶丫頭心地明白是不用慮的內中又有襲人也還是個妥妥當當的孩子再有個明白人常勸他更好他又和寶丫頭合的來再者姨太太曾說寶丫頭的金鎖也有個和尚說過只等有玉的便是婚姻焉知寶丫頭過來不因金鎖倒招出他那塊玉來也定不得從此一天好似一天豈不是大家的造化這會子只要立刻收拾屋子鋪排起來這屋子是要你派的一槩親友不請也不排筵席待寶玉好了過了功服然後再擺席請人這麽着都赶的上你也看見了他們小兩口兒的事也好放心的去賈政聽了原不願意只是賈母做

主不敢違命勉強陪笑說道老太太想得極是也很妥當只是要吩咐家下衆人不許吵嚷得裡外皆知這要躭不是的姨太太那邊只怕不肯若是果真應了也只好按着老太太的主意辦去賈母道姨太太那裡有我呢你去罷賈政答應出來心中好不自在因赴任事多部裡領憑親友們薦人種種應酬不絕竟把寶玉的事聽憑賈母交與王夫人鳳姐兒了惟將榮禧堂後身王夫人內屋旁邊一大跨所二十餘間房屋指與寶玉餘者一槩不管賈母定了主意叫人告訴他去賈政只說很好此是後話且說寶玉見過賈政襲人扶回裡間炕上因賈政在外無人敢與寶玉說話寶玉便昏昏沉沉的睡去賈母與賈政所

說的話寶玉一句也沒有聽見襲人等却靜靜兒的聽得明白頭裡雖也聽得些風聲到底影响只不見寶釵過來却也有些信真今日聽了這些話心裡方纔水落歸漕倒也喜歡心裡想道果然上頭的眼力不錯這纔配得是我也造化若他來了我可以卸了好些擔子但是這一位的心裡只有一個林姑娘幸虧他沒有聽見若知道了又不知要鬧到什麼分兒了襲人想到這裡轉喜爲悲心想這件事怎麼好老太太太太那裡知道他們心裡的事一時高興說給他知道原想要他病好若是他仍似前的心事初見林姑娘便要摔玉砸玉况且那年夏天在園裡把我當作林姑娘說了好些私心話後來因爲紫鵑說了

句頑話兒便哭得死去活來若是如今和他說要娶寶姑娘竟把林姑娘撂開除非是他人事不知還可若稍明白些只怕不但不能冲喜竟是催命了我再不把話說明那不是一害三個人了麽襲人想定主意待等賈政出去叫秋紋照看着寶玉便從裡間出來走到王夫人身傍悄悄的請了王夫人到賈母後身屋裡去說話賈母只道是寶玉有話也不理會還在那裡打算怎麽過禮怎麽娶親那襲人同了王夫人到了後間便跪下哭了王夫人不知何意把手拉着他說好端端的這是怎麽說有什麽委屈起來說襲人道這話奴才是不該說的這會子因爲沒有法兒了王夫人道你慢慢的說襲人道寶玉的親事老

太太太太已定了寶姑娘了自然是極好的一件事只是奴才想着太太看去寶玉和寶姑娘好還是和林姑娘好呢王夫人道他兩個因從小兒在一處所以寶玉和林姑娘又好些襲人道不是好些便將寶玉素與黛玉這些光景一一的說了還說這些事都是太太親眼見的獨是夏天的話我從沒敢和別人說王夫人拉着襲人道我看外面兒已瞧出幾分來了你今兒一說更加是了但是剛纔老爺說的話想必都聽見了你看他的神情兒怎麼樣襲人道如今寶玉若有人和他說話他就笑沒人和他說話他就睡所以頭裡的話却倒都沒聽見王夫人道倒是這件事叫人怎麼樣呢襲人道奴才說是說了還得太

太告訴老太太想個萬全的主意纔好王夫人便道旣這麼着你去幹你的這時候滿屋子的人暫且不用提起等我瞅空兒回明老太太再作道理說着仍到賈母跟前賈母正在那裡和鳳姐兒商議見王夫人進來便問道襲人丫頭說什麼這麼鬼鬼祟祟的王夫人趁問便將寶玉的心事細細回明賈母賈母聽了半日沒言語王夫人和鳳姐也都不再說了只見賈母歎道別的事都好說林丫頭倒沒有什麼若寶玉眞是這樣這可叫人作了難了只見鳳姐想了一想因說道難倒不難只是我想了個主意不知姑媽肯不肯王夫人道你有主意只管說給老太太聽大家娘兒們商量着辦罷了鳳姐道依我想這件事

只有一個掉包兒的法子賈母道怎麼掉包兒鳳姐道如今不管寶兄弟明白不明白大家吵嚷起來說是老爺做主將林姑娘配了他了瞧他的神情兒怎麼樣要是他全不管這個包兒也就不用掉了若是他有些喜歡的意思這事却要大費周折呢王夫人道就算他喜歡你怎麼樣辦法呢鳳姐走到王夫人耳邊如此這般的說了一遍王夫人點了幾點頭兒笑了一笑說道也罷了賈母便問道你娘兒兩個搗鬼到底告訴我是怎麼着呀鳳姐恐賈母不懂露洩機關便也向耳邊輕輕的告訴了一遍賈母果真一時不懂鳳姐笑着又說了幾句賈母笑道這麼着也好可就只忒苦了寶丫頭了倘或吵嚷出來林丫頭又怎麼樣呢鳳姐道這個話原只說給寶玉聽外頭一槩不許

題起有誰知道呢正說間丫頭傳進話來說璉二爺回來了王夫人恐賈母問及使個眼色與鳳姐鳳姐便出來迎着賈璉努了個嘴兒同到王夫人屋裡等着去了一回兒王夫人進來已見鳳姐哭的兩眼通紅賈璉請了安將到十里屯料理王子騰的喪事的話說了一遍便說有恩旨賞了內閣的職銜謚了文勤公命本宗扶柩回籍着沿途地方官員照料昨日起身連家眷回南去了舅太太叫我回來請安問好說如今想不到不能進京有多少話不能說聽見我大舅子要進京若是路上遇見了便叫他來到偺們這裡細細的說王夫人聽畢其悲痛自不

必言鳳姐勸慰了一番請太太略歇一歇晚上來再商量寶玉的事罷說畢同了賈璉回到自己房中告訴了賈璉叫他派人收拾新房不題一日黛玉早飯後帶着紫鵑到賈母這邊來一則請安二則也爲自己散散悶出了瀟湘館走了幾步忽然想起忘了手絹子來因叫紫鵑回去取來自己却慢慢的走着等他剛走到沁芳橋那邊山石背後當日同寶玉葬花之處忽聽一個人嗚嗚咽咽在那裡哭黛玉煞住脚聽時又聽不出是誰的聲音也聽不出哭着叨叨的是些什麽話心裡甚是疑惑便慢慢的走去及到了跟前却見一個濃眉大眼的丫頭在那裡哭呢黛玉未見他時還只疑府裡這些大丫頭有什麽說不出

的心事所以來這裡發洩發洩及至見了這個丫頭却又好笑因想到這種蠢貨有什麽情種自然是那屋裡作粗活的丫頭受了大女孩子的氣了細瞧了一瞧却不認得那丫頭見黛玉來了便也不敢再哭站起來拭眼淚黛玉問道你好好的爲什麽在這裡傷心那丫頭聽了這話又流淚道林姑娘你評評這個理他們說話我又不知道我就說錯了一句話我姐姐也不犯就打我呀黛玉聽了不懂他說的是什麽因笑問道你姐姐是那一個那丫頭道就是珍珠姐姐黛玉聽了纔知他是賈母屋裡的因又問你叫什麽那丫頭道我叫傻大姐兒黛玉笑了一笑又問你姐姐爲什麽打你你說錯了什麽話了那丫頭道

爲什麽呢就是爲我們寶二爺娶寶姑娘的事情黛玉聽了這句話如同一個疾雷心頭亂跳略定了定神便叫這丫頭你跟了我這裡來那丫頭跟着黛玉到那畸角兒上葬桃花的去處那裡背靜黛玉因問道寶二爺娶寶姑娘他爲什麽打你呢傻大姐道我們老太太和太太二奶奶商量了因爲我們老爺要起身說就赶着往姨太太商量把寶姑娘娶過来罷頭一宗給寶二爺冲什麽喜第二宗說到這裡又瞅着黛玉笑了一笑纔說道赶着辦了還要給林姑娘說婆婆家呢黛玉已經聽呆了這丫頭只管說道我又不知道他們怎麽商量的不叫人吵嚷怕寶姑娘聽見害臊我白和寶二爺屋裡的襲人姐姐說了一句咱們明兒更熱鬧了又是寶姑娘又是寶二奶奶這可怎麽叫呢林姑娘你說我這話害着珍珠姐姐什麽了嗎他走過来就打了我一個嘴巴說我混說不遵上頭的話要攆出我去我知道上頭爲什麽不叫言語呢你們又没告訴我就打我說着又哭起來那黛玉此時心裡竟是油兒醬兒糖兒醋兒倒在一處的一般甜苦酸鹹竟說不上什麽味兒來了停了一會兒顫巍巍的說道你别混說了你再混說叫人聽見又要打你了你去罷說着自己轉身要回瀟湘館去那身子竟有千百觔重的兩隻脚却像踩着綿花一般早已軟了只得一步一步慢慢的走將来走了半天還没到沁芳橋畔原来脚下軟了走的慢且

又迷迷痴痴信着脚從那邊繞過來更添了兩箭地的路這時剛到沁芳橋畔却又不知不覺的順着堤往回裡走起來紫鵑取了絹子來却不見黛玉正在那裡看時只見黛玉顏色雪白身子恍恍蕩蕩的眼睛也直直的在那裡東轉西轉又見一個丫頭往前頭走了離的遠也看不出是那一個來心中驚疑不定只得赶過來輕輕的問道姑娘怎麽又回去是要往那裡去黛玉也只模糊聽見隨口應道我問問寶玉去紫鵑聽了摸不着頭腦只得攙着他到賈母這邊來黛玉走到賈母門口心裡微覺明晰回頭看見紫鵑攙着自已便站住了問道你作什麽來的紫鵑陪笑道我找了絹子來了頭裡見姑娘在橋那邊呢我赶着過去問姑娘姑娘沒理會黛玉笑道我打量你來瞧寶二爺來了呢不然怎麽往這裡走呢紫鵑見他心裡迷惑便知黛玉必是聽見那丫頭什麽話了惟有點頭微笑而已只是心裡怕他見了寶玉那一個已經是瘋瘋傻傻這一個又這樣恍恍惚惚一時說出些不大體統的話來那時如何是好心裡雖如此想却也不敢違拗只得攙他進去那黛玉却又奇怪了這時不似先前那樣軟了也不用紫鵑打簾子自已掀起簾子進來却是寂然無聲因賈母在屋裡歇中覺丫頭們也有脫滑頑去也有打盹兒的也有在那裡伺候老太太的倒是襲人聽見簾子响從屋裡出來一看見是黛玉便讓道姑娘屋裡坐罷黛

玉笑着道寶二爺在家麼襲人不知底裡剛要答言只見紫鵑在黛玉身後和他努嘴兒指着黛玉又搖搖手兒襲人不解何意也不敢言語黛玉却也不理會自已走進房來看見寶玉在那裡坐着也不起來讓坐只瞅着嘻嘻的傻笑黛玉自已坐下却也瞅着寶玉笑兩個人也不問好也不說話也無推讓只管對着臉傻笑起來襲人看見這番光景心裡大不得主意只是沒法兒忽然聽着黛玉說道寶玉你為什麼病了寶玉笑道我為林姑娘病了襲人紫鵑兩個嚇得面目改色連忙用言語來岔兩個却又不答言仍舊傻笑起來襲人見了這樣知道黛玉此時心中迷惑不減於寶玉因悄和紫鵑說道姑娘纔好了我

叫秋紋妹妹同着你攙回姑娘歇歇去罷因回頭向秋紋道你和紫鵑姐姐送林姑娘去罷你可別混說話秋紋笑着也不言語便來同着紫鵑攙起黛玉那黛玉也就站起來瞅着寶玉只管笑只管點頭兒紫鵑又催道姑娘回家去歇歇罷黛玉道可不是我這就是回去的時候兒了說着便回身笑着出來了仍舊不用丫頭們攙扶自已却走得比往常飛快紫鵑秋紋後面赶忙跟着走黛玉出了賈母院門只管一直走去紫鵑連忙攙住叫道姑娘往這麼來黛玉仍是笑着隨了往瀟湘館來離門口不遠紫鵑道阿彌陀佛可到了家了只這一句話沒說完只見黛玉身子往前一栽哇的一聲一口血直吐出來未知性命

如何且聽下回分解

紅樓夢第九十六回終

如何且聽下回分解

紅樓夢第九十六回終

紅樓夢第九十七回

林黛玉焚稿斷痴情　薛寶釵出閨成大禮

話說黛玉到瀟湘館門口紫鵑說了一句話更動了心一時吐出血來幾乎暈倒虧了還同着秋紋兩個人挽扶着黛玉到屋裡來那時秋紋去後紫鵑雪雁守着見他漸漸甦醒過來問紫鵑道你們守着哭什麽紫鵑見他說話明白倒放了心了因說姑娘剛纔打老太太那邊回來身上覺着不大好唬的我們沒了主意所以哭了黛玉笑道我那裡就能彀死呢這一句話沒完又喘成一處原來黛玉因昨日聽得寶玉寶釵的事情這本是他數年的心病一時急怒所以迷惑了本性及至回來吐了

這一口血心中卻漸漸的明白過來把頭裡的事一字也不記得了這會子見紫鵑哭方糢糊想起傻大姐的話來此時反不傷心惟求速死以完此債這裡紫鵑雪雁只得守着想要告訴人去怕又像上次招得鳳姐兒說他們失驚打怪的那知秋紋回去神情慌遽正值賈母睡起中覺來看見這般光景便問怎麽了秋紋嚇的連忙把剛纔的事回了一遍賈母大驚說這還了得連忙着人叫了王夫人鳳姐過來告訴了他婆媳兩個鳳姐道我都囑咐到了這是什麽人走了風呢這不更是一件難事了嗎賈母道且別管那些先瞧瞧去是怎麽樣了說着便起身帶着王夫人鳳姐等過來看視見黛玉顏色如雪並無一點

血色神氣昏沉氣息微細半日又咳嗽了一陣丫頭遞了痰盒吐出都是痰中帶血的大家都慌了只見黛玉微微睁眼看見賈母在他旁邊便喘吁吁的說道老太太你白疼了我了賈母一聞此言十分難受便道好孩子你養着罷不怕的黛玉微微一笑把眼又閉上了外面丫頭進來回鳳姐道大夫來了于是大家畧避王大夫同着賈璉進来胗了脉說道尚不妨事這是鬱氣傷肝肝不藏血所以神氣不定如今要用斂陰止血的藥方可望好王大夫說完同着賈璉出去開方取藥去了賈母看黛玉神氣不好便出来告訴鳳姐等道我看這孩子的病不是我咒他只怕難好他們也該替他預備預備冲一冲或者好了

豈不是大家省心就是怎麼樣也不至臨時忙亂咱們家裡這兩天正有事呢鳳姐兒答應了賈母又問了紫鵑一回到底不知是那個說的賈母心裡只是納悶因說孩子們從小兒在一處兒頑好些是有的如今大了懂的人事就該要分別些纔是做女孩兒的本分我纔心裡疼他若是他心裡有别的想頭成了什麼人了呢我可是白疼了他了你們說了我倒有些不放心因回到房中又叫襲人來問襲人仍將前日回王夫人的話並方纔黛玉的光景述了一遍賈母道我方纔看他却還不至糊塗這個理我就不明白了咱們這種人家别的事自然没有的這心病也是斷斷有不得的林丫頭若不是這個病呢我憑

着花多少錢都使得若是這個病不但治不好我也没心腸了鳳姐道林妹妹的事老太太倒不必張心横竪有他二哥哥天天同着大夫瞧看倒是姑媽那邊的事要緊今日早起聽見説房子不差什麽就妥當了竟是老太太太太到姑媽那邊我也跟了去商量商量就只一件姑媽家裡有寶妹妹在那裡難以説話不如索性請姑媽晚上過來偺們一夜都説結了就好辦了賈母王夫人都道你説的是今日晚了明日飯後偺們娘兒們就過去説着賈母用了晚飯鳳姐同王夫人各自歸房不提且説次日鳳姐吃了早飯過來便要試試寶玉走進裡間説道寶兄弟大喜老爺已擇了吉日要給你娶親了你喜歡不喜歡

寶玉聽了只管瞅着鳳姐笑微微的點點頭兒鳳姐笑道給你娶林妹妹過來好不好寶玉却大笑起来鳳姐看着也斷不透他是明白是糊塗因又問道老爺説你好了纔給你娶林妹妹呢若還是這麽傻便不給你娶了寶玉忽然正色道我不傻你纔傻呢説着便站起來説我去瞧瞧林妹妹叫他放心鳳姐忙扶住了説林妹妹早知道了他如今要做新媳婦了自然害羞不肯見你的寶玉道娶過來他到底是見我不見鳳姐又好笑又着忙心裡想襲人的話不差提了林妹妹雖説仍舊説些瘋話却覺得明白些若真明白了將来不是林姑娘打破了這個燈虎兒那饑荒纔難打呢便忍笑説道你好好兒的便見你若

是瘋瘋顛顛的他就不見你了寶玉說道我有一個心前兒已交給林妹妹了他要過來橫豎給我帶來還放在我肚子裡頭鳳姐聽着竟是瘋話便出來看着賈母笑賈母聽了又是笑又是疼便說道我早聽見了如今且不用理他叫襲人好好的安慰他偺們走罷說着王夫人也來大家到了薛姨媽那裡只說惦記着這邊的事來瞧瞧薛姨媽感激不盡說些薛蟠的話喝了茶薛姨媽纔要叫人告訴鳳姐連忙攔住說姑媽不必告訴寶妹妹又向薛姨媽陪笑說道老太太此來一則為瞧姑媽二則也有句要緊的話特請姑媽到那邊商議薛姨媽聽了點點頭兒說是了於是大家又說些閒話便來了當晚薛姨媽故然過來見過了賈母到王夫人屋裡來不免說起王子騰來大家落了一回淚薛姨媽便問道剛纔我到老太太那裡寶哥兒出來請安還好好兒的不過畧瘦些怎麽你們說得狠利害鳳姐便道其實也不怎麽樣只是老太太懸心目今老爺又要起身外任去不知幾年纔來老太太的意思頭一件叫老爺看着寶兄弟成了家也放心二則也給寶兄弟冲冲喜借大妹妹的金鎖壓壓邪氣只怕就好了薛姨媽心裡也願意只慮着寶釵委屈便道也使得只是大家還要從長計較計較纔好王夫人便按着鳳姐的話和薛姨媽說只說姨太太這會子家裡沒人不如把粧奩一概蠲免明日就打發蟠兒去告訴蟠兒一面這裡

過門一面給他變法兒撕擄官事並不提寶玉的心事又說姨太太既作了親娶過來早早好一天大家早放一天心正說着只見賈母差鴛鴦過來候信薛姨媽雖恐寶釵委屈然也沒法兒又見這般光景只得滿口應承鴛鴦回去回了賈母賈母也甚喜歡又叫鴛鴦過來求薛姨媽和寶釵說明原故不叫他受委屈薛姨媽也答應了便議定鳳姐夫婦作媒人大家散了王夫人姊妹不免又敘了半夜話兒次日薛姨媽回家將這邊的話細細的告訴了寶釵還說我已經應承了寶釵始則低頭不語後來便自垂淚薛姨媽用好言勸慰解釋了好些話寶釵自回房內寶琴隨去解悶薛姨媽又告訴了薛蝌叫他明日起身

一則打聽審詳的事二則告訴你哥哥一個信兒你即便回來薛蝌去了四日便回來回覆薛姨媽道哥哥的事上司已經准了誤殺一過堂就要題本了叫咱們預備贖罪的銀子妹妹的事說媽媽做主狠好的赶着辦又省了好些銀子叫媽媽不用等我該怎麽着就怎麽辦罷薛姨媽聽了一則薛蟠可以回家二則完了寶釵的事心裡安放了好些便是看着寶釵心裡好像不願意似的雖是這樣他是女兒家素來也孝順守禮的人知我應了他也没得說的便叫薛蝌辦泥金庚帖填上八字即叫人送到璉二爺那邊去還問了過禮的日子來你好預備本來咱們不驚動親友哥哥的朋友是你說的都是混賬人親戚

呢就是賈王兩家如今賈家是男家王家無人在京裡史姑娘放定的事他家沒有來請偺們偺們也不用通知倒是把張德輝請了來托他照料些他上幾歲年紀的人到底懂事些蝌領命叫人送帖過去次日賈璉過來見了薛姨媽請了安便說明日就是上好的日子今日過來回姨太太就是明日過禮罷只求姨太太不要挑飭就是了說着捧過通書來薛姨媽也謙遜了幾句點頭應允賈璉赶着回去回明賈政賈政便道你回老太太說既不叫親友們知道諸事寧可簡便些若是東西上請老太太瞧了就是了不必告訴我賈璉答應進內將話回明賈母這裡王夫人叫了鳳姐命人將過禮的物件都送與賈母過目幷叫襲人告訴寶玉那寶玉又嘻嘻的笑道這裡送到園裡回來園裡又送到這裡偺們的人送偺們的人收何苦來呢賈母王夫人聽了都喜歡道說他糊塗他今日怎麼這麼明白呢鴛鴦等忍不住好笑只得上來一件一件的點明給賈母瞧說這是金項圈這是金珠首飾共八十件這是粧蟒四十疋這是各色紬緞一百二十疋這是四季的衣服共一百二十件外面也沒有預備羊酒這是折羊酒的銀子賈母看了都說好輕輕的與鳳姐說道你去告訴姨太太說不是虛禮求姨太太等蟠兒出来慢慢的叫人給他妹妹做来就是了那好日子的被褥還是偺們這裡代辦了罷鳳姐答應了出來叫賈璉先過去又

周瑞旺兒等吩咐他們不必走大門只從園裡從前開的便門內送去我也就過去這門離瀟湘館還遠倘别處的人見了囑咐他們不用在瀟湘館裡提起眾人答應著送禮而去寶玉認以為真心裡大樂精神便覺得好些只是語言總有些瘋傻那過禮的回來都不提名說姓因此上下人等雖都知道只因鳳姐吩咐都不敢走漏風聲且說黛玉雖然服藥這病日重一日紫鵑等在旁苦勸說道事情到了這個分兒不得不說了姑娘的心事我們也都知道至於意外之事是再沒有的姑娘不信只拿寶玉的身子說起這樣大病怎麼做得親呢姑娘别聽瞎話自己安心保重纔好黛玉微笑一笑也不答言又咳嗽數聲

吐出好些血來紫鵑等看去只有一息奄奄明知勸不過來惟有守著流淚天天三四趟去告訴賈母鴛鴦測度賈母近日比前疼黛玉的心差了些所以不常去回況賈母這幾日的心都在寶釵寶玉身上不見黛玉的信兒也不大提起只請太醫調治罷了黛玉向來病著自賈母起直到姊妹們的下人常來問候今見賈府中上下人等都不過來連一個問的人都沒有睜開眼只有紫鵑一人自料萬無生理因扎掙著向紫鵑說道妹妹你是我最知心的雖是老太太派你伏侍我這幾年我拿你就當作我的親妹妹說到這裡氣又接不上來紫鵑聽了一陣心酸早哭得說不出話來遲了半日黛玉又一面喘一面說道

紫鵑妹妹我躺著不受用你扶起我來靠著坐坐纔好紫鵑道姑娘的身上不大好起來又要抖摟着了黛玉聽了閉上眼不言語了一時又要起來紫鵑没法只得同雪雁把他扶起兩邊用軟枕靠住自已却倚在旁邊黛玉那裡坐得住下身自覺硌的疼狠命的掌着叫過雪雁來道我的詩本子說着又喘雪雁料是要他前日所理的詩稿因找來送到黛玉跟前黛玉點點頭兒又抬眼看那箱子雪雁不解只是發怔黛玉氣的兩眼直瞪又咳嗽起來又吐了一口血雪雁連忙回身取了水來黛玉嗽了吐在盒内紫鵑用絹子給他拭了嘴黛玉便拿那絹子指着箱子又喘成一處說不上来閉了眼紫鵑道姑娘歪歪兒罷

黛玉又搖搖頭兒紫鵑料是要絹子便叫雪雁開箱拿出一塊白綾絹子來黛玉瞧了撂在一邊使勁說道有字的紫鵑這纔明白過來要那塊題詩的舊帕只得叫雪雁拿出來遞給黛玉紫鵑勸道姑娘歇歇罷何苦又勞神等好了再瞧罷只見黛玉接到手裡也不瞧詩扎掙着伸出那隻手来狠命的撕那絹子却是只有打顫的分兒那裡撕得動紫鵑早已知他是恨寶玉却也不敢說破只說姑娘何苦自已又生氣黛玉點點頭兒掖在袖裡便叫雪雁點燈雪雁答應連忙點上燈來黛玉瞧瞧又閉了眼坐着喘了一會子又道籠上火盆紫鵑打諒他冷因說道姑娘躺下多蓋一件罷那炭氣只怕躭不住黛玉又搖頭兒

雪雁只得籠上擱在地下火盆架上黛玉點頭意思叫挪到炕上來雪雁只得端上來出去拿那張火盆炕桌那黛玉却又把身子欠起紫鵑只得兩隻手來扶着他黛玉這纔將方纔的絹子拿在手中瞅着那火點點頭兒往上一撂紫鵑唬了一跳欲要搶時兩隻手却不敢動雪雁又出去拿火盆桌子此時那絹子已經燒著了紫鵑勸道姑娘這是怎麽說呢黛玉只作不聞回手又把那詩稿拿起來瞧了瞧又撂下了紫鵑怕他也要燒連忙將身倚住黛玉騰出手來拿時黛玉又早拾起撂在火上此時紫鵑却彀不着乾急雪雁正拿進桌子來看見黛玉一撂不知何物赶忙搶時那紙沾火就着如何能彀少待早已烘烘

的著了雪雁也顧不得燒手從火裡抓起來撂在地下亂踹却已燒得所餘無幾了那黛玉把眼一閉往後一仰幾乎不曾把紫鵑壓倒紫鵑連忙叫雪雁上來將黛玉扶着放倒心裡突突的亂跳欲要叫人時天又晚了欲不叫人時自己同着雪雁和鸚哥等幾個小丫頭又怕一時有什麽原故好容易熬了一夜到了次日早起覺黛玉又緩過一點兒來飯後忽然又嗽又吐又緊起來紫鵑看着不祥了連忙將雪雁等都叫進來看守自已却來回賈母那知到了賈母上房靜悄悄的只有兩三個老媽媽和幾個做粗活的丫頭在那裡看屋子呢紫鵑因問道老太太呢那些人都說不知道紫鵑聽這話詫異遂到寶玉屋裡

去看竟也無人遂問屋裡的丫頭也說不知紫鵑已知八九但這些人怎麼竟這樣狠毒冷淡又想到黛玉這幾天竟連一個人問的也沒有越想越悲索性激起一腔悶氣來一扭身便出來了自己想了一想今日倒要看看寶玉是何形狀看他見了我怎麼樣過的去那一年我說了一句謊話他就急病了今日竟公然做出這件事来可知天下男子之心真真是冰寒雪冷令人切齒的一面走一面想早已來到怡紅院只見院門虛掩裡面却又寂靜的狠紫鵑忽然想到他要娶親自然是有新屋子的但不知他這新屋子在何處正在那裡徘徊瞻顧看見墨雨飛跑紫鵑便叫住他墨雨過來笑嘻嘻的道姐姐在這裡做

什麼紫鵑道我聽見寶二爺娶親我要來看看熱鬧兒誰知不在這裡也不知是幾兒墨雨悄悄的道我這話只告訴姐姐你可別告訴雪雁他們上頭吩咐了連你們都不叫知道呢就是今日夜裡娶那裡是在這裡老爺派璉二爺另收拾了房子了說着又問姐姐有什麼事麼紫鵑道沒什麼事你去罷墨雨仍舊飛跑去了紫鵑自己發了一回獃忽然想起黛玉來這時候還不知是死是活因兩淚汪汪咬着牙發狠道寶玉我看他明兒死了你算是躲的過不見了你過了你那如心如意的事兒拿什麼臉来見我一面哭一面走嗚嗚咽咽的自回去了還未到瀟湘館只見兩個小丫頭在門裡往外探頭探腦的一眼看

到瀟湘館只見兩個小丫頭在門裡往外探頭探腦的一眼看
[illegible]
兒死了你算是[illegible]的過不見了你過了你[illegible]
還不知是死是活因[illegible]
[illegible]
[illegible]
[illegible]
[illegible]
[illegible]
[illegible]

[illegible]

見紫鵑那一個便嚷道那不是紫鵑姐姐來了嗎紫鵑知道不好了連忙擺手兒不叫嚷赶忙進去看時只見黛玉肝火上炎兩顴紅赤紫鵑覺得不妥叫了黛玉的奶媽王奶奶來一看他便大哭起來這紫鵑因王奶媽有些年紀可以仗個胆兒誰知竟是個沒主意的人反倒把紫鵑弄得心裡七上八下忽然想起一個人來便命小丫頭急忙去請你道是誰原來紫鵑想起李宮裁是個孀居今日寶玉結親他自然廻避况且園中諸事向係李紈料理所以打發人去請他李紈正在那裡給賈蘭改詩冐冐失失的見一個丫頭進來囘說大奶奶只怕林姑娘好不了那裡都哭呢李紈聽了嚇了一大跳也不及問了連忙站

起身來便走素雲碧月跟着一頭走着一頭落淚想着姐妹在一處一塲更兼他那容貌才情真是寡二少雙惟有青女素娥可以髣髴一二竟這樣小小的年紀就作了北邙鄉女偏偏鳳姐想出一條偷梁換柱之計自己也不好過瀟湘館來竟未能少盡姊妹之情真真可憐可歎一頭想着已走到瀟湘館的門口裡面却又寂然無聲李紈倒着起忙來想來必是已死都哭過了那衣衾未知裝裹妥當了沒有連忙三步兩步走進屋子來裡間門口一個小丫頭已經看見便說大奶奶來了紫鵑忙往外走和李紈走了個對臉李紈忙問怎麽樣紫鵑欲說話時惟有喉中哽咽的分兒却一字說不出那眼淚一似斷線珍珠

一般衹將一隻手囘過去指着黛玉李紈看了紫鵑這般光景更覺心酸也不再問連忙走過來看時那黛玉已不能言李紈輕輕叫了兩聲黛玉郄還微微的開眼似有知識之狀但只眼皮嘴唇微有動意口內尚有出入之息郄要一句話一點淚也沒有了李紈囘身見紫鵑不在跟前便問雪雁雪雁道他在外頭屋裡呢李紈連忙出來只見紫鵑在外間空床上躺着顏色青黃閉了眼只管流淚那鼻涕眼淚把一個砌花錦邊的褥子已濕了碗大的一片李紈連忙喚他那紫鵑纔慢慢的睜開眼欠起身來李紈道傻丫頭這是什麼時候且只顧哭你的林姑娘的衣衾還不拿出來給他換上還等多早晚呢難道他個女

孩兒家你還叫他失身露體精着來光着去嗎紫鵑聽了這句話一發止不住痛哭起來李紈一面也哭一面着急一面拭淚一面拍着紫鵑的肩膀說好孩子你把我的心都哭亂了快着收拾他的東西罷再遲一會子就了不得了正鬧着外邊一個人慌慌張張跑進來倒把李紈唬了一跳看時郄是平兒跑進來看見這樣只是獃磕磕的發怔李紈道你這會子不在那邊做什麼來了說着林之孝家的也進來了平兒道奶奶不放心叫來瞧瞧既有大奶奶在這裡我們奶奶就只顧那一頭兒了李紈點點頭兒平兒道我也見見林姑娘說着一面往裡走一面早已流下淚來這裡李紈因和林之孝家的道你來的正好

快出去悄悄去告訴管事的預備林姑娘的後事妥當了叫他來回我不用到那邊去林之孝家的答應了還跕着李紈道還有什麼話呢林之孝家的道剛纔二奶奶和老太太商量了那邊用紫鵑姑娘使喚使喚呢李紈還未答言只見紫鵑道林奶奶你先請罷等着人死了我們自然是出去的那裡用怎麼說到這裡却又不好說了因又改說道况且我們在這裡守着病人身上也不潔淨林姑娘還有氣兒呢不時的叫我李紈在旁解說道當真這林姑娘和這丫頭也是前世的緣法兒倒是雪雁是他南邊帶來的他倒不理會惟有紫鵑我看他兩個一時也離不開林之孝家的頭裡聽了紫鵑的話未免不受用被李紈這番一說却也没的說又見紫鵑哭得淚人一般只好瞅着他微微的笑因又說道紫鵑姑娘這些閒話倒不要緊只是他却說得我可怎麼回老太太呢况且這話是告訴得二奶奶的嗎正說着平兒擦着眼淚出來道告訴二奶奶什麼事林之孝家的將方纔的話說了一遍平兒低了一回頭說這麼着罷就叫雪姑娘去罷李紈道他使得嗎平兒走到李紈耳邊說了幾句李紈點點頭兒道旣是這麼着就叫雪雁過去也是一樣的林之孝家的因問平兒道雪姑娘使得嗎平兒道使得都是一樣林家的道那麼姑娘就快叫雪姑娘跟了我去我先去回了老太太和二奶奶這可是大奶奶和姑娘的主意回來姑娘再

各自回二奶奶去李紈道是了你這麼大年紀連這麼點子事還不躭呢林家的笑道不是不敢頭一宗這件事老太太和二奶奶辦的我們都不能很明白再者又有大奶奶和平姑娘呢說着平兒已叫了雪雁出來原來雪雁因這几日嫌他小孩子家懂得什麼便也把心冷淡了況且聽是老太太和二奶奶叫也不敢不去連忙收拾了頭平兒叫他換了新鮮衣服跟着林家的去了隨後平兒又和李紈說了几句話李紈又囑咐平兒打那麼催着林之孝家的叫他男人快辦了來平兒答應着出來轉了個灣子看見林家的帶着雪雁在前頭走呢趕忙叫住道我帶了他去罷你先告訴林大爺辦林姑娘的東西去罷奶

奶那裡我替回就是了那林家的答應着去了這裡平兒帶了雪雁到了新房子裡回明了自去辦事却說雪雁看見這般光景想起他家姑娘也未免傷心只是在賈母鳳姐跟前不敢露出因又想道也不知用我作什麼我且瞧瞧寶玉一日家和我們姑娘好的蜜裡調油這時候總不見面了也不知是真病假病怕我們姑娘不依他假說丟了玉粧出傻子樣兒來叫我們姑娘寒了心他好娶寶姑娘的意思我看看他去看他見了我傻不傻莫不成今兒還粧傻麼一面想着已溜到裡間屋子門口偷偷兒的瞧這時寶玉雖因失玉昏憒但只聽見娶了黛玉為妻真乃是從古至今天上人間第一件暢心滿意的事了那

身子頓覺健旺起来秪不過不似從前那般靈透所以鳳姐的妙計百發百中巴不得卽見黛玉盼到今日完姻真樂得手舞足蹈雖有幾句傻話却與病時光景大相懸絶了雪雁看了又是生氣又是傷心他那裡曉得寶玉的心事便各自走開這裡寶玉便叫襲人快快給他裝新坐在王夫人屋裡看見鳳姐尤氏忙忙碌碌再盼不到吉時只管問襲人道林妹妹打園裡來爲什麼這麼費事還不來襲人忍着笑道等好時辰回來又聽見鳳姐與王夫人道雖然有服外頭不用鼓樂偺們南邊規矩要拜堂的冷清清使不得我傳了家內學過音樂管過戲子的那些女人來吹打熱鬧些王夫人點頭說使得一時大轎從大門進來家裡細樂迎出去十二對宮燈排着進來倒也新鮮雅致儐相請了新人出轎寶玉見新人幪着蓋頭喜娘披着紅扶着下首扶新人的你道是誰原來就是雪雁寶玉看見雪雁猶想因何紫鵑不來倒是他呢又想道是了雪雁原是他南邊家裡帶來的紫鵑仍是我們家的自然不必帶來因此見了雪雁竟如見了黛玉的一般歡喜儐相贊禮拜了天地請出賈母受了四拜後請賈政夫婦登堂行禮畢送入洞房還有坐床撒帳等事俱是按金陵舊例賈政原爲賈母作主不敢違拗不信沖喜之說那知今日寶玉居然像個好人一般賈政見了倒也喜歡那新人坐了床便要揭起蓋頭的鳳姐早已防備故請賈母

王夫人等進去照應寶玉此時到底有些傻氣便走到新人跟前說道妹妹身上好了好些天不見了盖着這勞什子做什麽欲待要揭去反把賈母急出一身冷汗來寶玉又轉念一想道林妹妹是愛生氣的不可造次又歇了一歇仍是按捺不住只得上前揭了喜娘接蓋去頭雪雁走開鶯兒等上來伺候寶玉睜眼一看好像寶釵心中不信自己一手持燈一手擦眼一看可不是寶釵麽只見他盛妝艷服豐肩愞體鬟低鬢軃瞤眼息微真是荷粉露垂杏花烟潤了寶玉發了一回怔又見鶯兒立在傍邊不見了雪雁寶玉此時心無主意自己反以爲是夢中了呆呆的只管站着衆人接過燈去扶了寶玉仍舊坐下兩眼

直視半語全無賈母恐他病發親自扶他上床鳳姐尤氏請了寶釵進入裡間床上坐下寶釵此時自然是低頭不語寶釵定了一回神見賈母王夫人坐在那邊便輕輕的叫襲人道我是在那裡呢這不是做夢麽襲人道你今日好日子什麽夢不夢的混說老爺可在外頭呢寶玉瞧瞧兒的拿手指着道坐在那裡這一位美人兒是誰襲人握了自己的嘴笑的說不出話來歇了半日纔說道是新娶的二奶奶衆人也都回過頭去忍不住的笑寶玉又道好糊塗你說二奶奶到底是誰襲人道寶姑娘寶玉道林姑娘呢襲人道老爺作主娶的是寶姑娘怎麽混說起林姑娘來寶玉道我纔剛看見林姑娘了麽還有雪雁呢

怎麽說沒有你們這都是做什麽頑呢鳳姐便走上來輕輕的說道寶姑娘在屋裡坐着呢別混說回來得罪了他老太太不依的寶玉聽了這會子糊塗更利害了本來原有昏憒的病加以今夜神出鬼沒更叫他不得主意便也不顧別的了口口聲聲只要找林妹妹去賈母等上前安慰無奈他只是不懂又有寶釵在內又不好明說知寶玉舊病復發也不講明只得滿屋裡點起安息香來定住他的神魂扶他睡下衆人鴉雀無聞停了片時寶玉便昏沉睡去賈母等纔得畧畧放心只好坐以待旦叫鳳姐去請寶釵安歇寶釵置若罔聞也便和衣在內暫歇賈政在外未知內裡原由只就方纔眼見的光景想來心下倒放寬了恰是明日就是起程的吉日略歇了一歇衆人賀喜送行賈母見寶玉睡着也回房去暫歇次早賈政辭了宗祠過來拜別賈母禀稱不孝遠離惟願老太太順時頤養兒子一到任所卽修禀請安不必掛念寶玉的事已經依了老太太完結只求老太太訓誨賈母恐賈政在路不放心並不將寶玉復病的話說起只說我有一句話寶玉昨夜完姻並不是同房今日你起身必該叫他遠送纔是他因病冲喜如今纔好些又是昨日一天勞乏出來恐怕着了風故此問你你叫他送呢我卽刻去叫他你若疼他我就叫人帶了他來你見見叫他給你磕頭就筭了賈政道叫他送什麽只要他從此已後認眞念書比送我

還喜歡呢賈母聽了又放了一條心便叫賈政坐着叫鴛鴦去如此如此帶了寶玉叫襲人跟着來鴛鴦去了不多一會果然寶玉來了仍是叫他行禮寶玉見了父親神志略斂些片時清楚也沒什麽大差賈政吩咐了幾句寶玉答應了賈政叫人扶他回去了自已回到王夫人房中又切寔的叫王夫人管教兒子斷不可如前嬌縱明年鄉試務必叫他下場王夫人一一的聽了也沒提起別的即忙命人扶了寶釵過來行了新婦送行之禮也不出房其餘內眷俱送至二門而回賈珍等也受了一番訓飭大家擧酒送行一班子弟及晚輩親友直送至十里長亭而別不言賈政起程赴任且說寶玉回來舊病陡發更加昏

憒連飲食也不能進了未知性命如何下回分解

紅樓夢第九十七回終

紅樓夢第九十八回

苦絳珠魂歸離恨天　病神瑛淚灑相思地

話說寶玉見了賈政回至房中更覺頭昏腦悶懶待動彈連飯也沒吃便昏沉睡去仍舊延醫胗治服藥不效索性連人也認不明白了大家扶着他坐起來還是像個好人一連鬧了幾天那日恰是回九之期若不過去薛姨媽臉上過不去若說去呢寶玉這般光景賈母明知是爲黛玉而起欲要告訴明白又恐氣急生變寶釵是新媳婦又難勸慰必得姨媽過來纔好若不回九姨媽嗔怪便與王夫人鳳姐商議道我看寶玉竟是魂不守舍起動是不怕的用兩乘小轎叫人扶着從園裡過去應了

回九的吉期已後請姨媽過來安慰寶釵偺們一心一計的調治寶玉可不兩全王夫人答應了即刻預備幸虧寶釵是新媳婦寶玉是個瘋傻的由人撥弄過去了寶釵也明知其事心裡只怨母親辦得糊塗事已至此不肯多言獨有薛姨媽看見寶玉這般光景心裡懊悔只得草草完事到家寶玉越加沉重次日連起坐都不能了日重一日甚至湯水不進薛姨媽等忙了手脚各處遍請名醫皆不識病源只有城外破寺中住着個窮醫姓畢別號知菴的胗得病源是悲喜激射冷暖失調飲食失時憂忿滯中正氣壅閉此內傷外感之症於是度量用藥至晚服了二更後果然省些人事便要水喝賈母王夫人等纔放了

心請了薛姨媽帶了寶釵都到賈母那裡暫且歇息寶玉片時清楚自料難保見諸人散後房中只有襲人因喚襲人至跟前拉着手哭道我問你寶姐姐怎麼來的我記得老爺給我娶了林妹妹過來怎麼被寶姐姐趕了去了他爲什麼霸佔住在這裡我要說呢又恐怕得罪了他你們聽見林妹妹哭得怎麼樣了襲人不敢明說只得說道林姑娘病着呢寶玉又道我瞧瞧他去說着要起來豈知連日飲食不進身子那能動轉便哭道我要死了我有一句心裡的話只求你回明老太太橫豎林妹妹也是哭死的我如今也不能保兩處兩個病人都要死的死了越發難張羅不如騰一處空房子趁早將我同林妹妹兩個

抬在那裡活着也好一處醫治伏侍死了也好一處停放你依我這話不枉了幾年的情分襲人聽了這些話便哭的哽嗓氣噎寶釵恰好同了鶯兒過來也聽見了便說道你放着病不保養何苦說這些不吉利的話老太太纔安慰了些你又生出事來老太太一生疼你一個如今八十多歲的人了雖不圖你的封誥將來你成了人老太太也看着樂一天也不枉了老人家的苦心太太更是不必說了一生的心血精神撫養了你這一個兒子若是半途死了太太將來怎麼樣呢我雖是命薄也不至於此據此三件看來你便要死那天也不容你死的所以你是不得死的只管安穩着養個四五天後風邪散了太和正氣

一足自然這些邪病都沒有了寶玉聽了竟是無言可答半晌方纔嘻嘻的笑道你是好些時不和我說話了這會子說這些大道理的話給誰聽寶釵聽了這話便又說道實告訴你說罷那兩日你不知人事的時候林妹妹已經亡故了寶玉忽然坐起來大聲詫道果真死了嗎寶釵道果真死了豈有紅口白舌咒人死的呢老太太太太知道你姐妹和睦你聽見他死了自然你也要死所以不肯告訴你寶玉聽了不禁放聲大哭倒在床上忽然眼前漆黑辨不出方向心中正自恍惚只見眼前好像有人走來寶玉茫然問道借問此是何處那人道此陰司泉路你壽未終何故至此寶玉道適聞有一故人已死遂尋訪至此不覺迷途那人道故人是誰寶玉道姑蘇林黛玉那人冷笑道林黛玉生不同人死不同鬼無魂無魄何處尋訪凡人魂魄聚而成形散而為氣生前聚之死則散焉常人尚無可尋訪何況林黛玉呢汝快回去罷寶玉聽了呆了半晌道既云死者散也又如何有這個陰司呢那人冷笑道那陰司說有便有說無就無皆為世俗溺于生死之說設言以警世便道上天深怒愚人或不守分安常或生祿未終自行夭折或嗜淫慾尚氣逞凶無故自隕者特設此地獄囚其魂魄受無邊的苦以償生前之罪汝尋黛玉是無故自陷也且黛玉已歸太虛幻境汝若有心尋訪潛心修養自然有時相見如不安生即以自行夭折之罪

因禁陰司除父母外欲圖一見黛玉終不能矣那人說畢袖中取出一石向寶玉心口擲來寶玉聽了這話又被這石子打着心窩嚇的卽欲回家只恨迷了道路正在躊躕忽聽那邊有人喚他回首看時不是別人正是賈母王夫人寶釵襲人等圍繞哭泣叫着自已仍舊躺在床上見案上紅燈窗前皓月依然錦綉叢中繁華世界定神一想原來竟是一塲大夢渾身冷汗覺得心內淸爽仔細一想眞正無可奈何不過長嘆數聲而已寶釵早知黛玉已死因賈母等不許衆人告訴寶玉知道恐添病難治自已却深知寶玉之病實因黛玉而起失玉次之故趁勢說明使其一痛決絕神魂歸一庶可療治賈母王夫人等不知寶釵的用意深怪他造次後來見寶玉醒了過來方纔放心立卽到外書房請了畢大夫進來診視那大夫進來診了脉便道奇怪這回脉氣沉靜神安鬱散明日進調理的藥就可以望好了說着出去衆人各自安心散去襲人起初深怨寶釵不該告訴惟是口中不好說出鶯兒背地也說寶釵道姑娘忒性急了寶釵道你知道什麼好歹橫豎有我呢那寶釵任人誹謗並不介意只窺察寶玉心病暗下針砭一日寶玉漸覺神志安定雖一時想起黛玉尚有糊塗更有襲人緩緩的將老爺選定的寶姑娘爲人和厚嫌林姑娘秉性古怪原恐早夭老太太恐你不知好歹病中着急所以叫雪雁過來哄你的話時常勸解寶玉

終是心酸落淚欲待尋死又想着夢中之言又恐老太太太太生氣又不能撩開又想黛玉已死寶釵又是第一等人物方信金石姻緣有定自已也解了好些寶釵看來不妨大事于是自已心也安了只在賈母王夫人等前盡行過家庭之禮後便設法以釋寶玉之憂寶玉雖不能時常坐起亦常見寶釵坐在床前禁不住生來舊病寶釵每以正言勸解以養身要緊你我既爲夫婦豈在一時之語安慰他那寶玉心裡雖不順遂無奈日裡賈母王夫人及薛姨媽等輪流相伴夜間寶釵獨去安寢賈母又派人服侍只得安心靜養又見寶釵舉動溫柔也就漸漸的將愛慕黛玉的心腸略移在寶釵身上此是後話却說寶玉

成家的那一日黛玉白日已經昏暈過去却心頭口中一絲微氣不斷把個李紈和紫鵑哭的死去活來到了晚間黛玉却又緩過來了微微睜開眼似有要水要湯的光景此時雪雁已去只有紫鵑和李紈在傍紫鵑便端了一盞桂圓湯和的梨汁用小銀匙灌了兩三匙黛玉閉着眼靜養了一會子覺得心裡似明似暗的此時李紈見黛玉略緩明知是迴光返照的光景却料着還有一半天耐頭自已回到稻香村料理了一回事情這裡黛玉睜開眼一看只有紫鵑和奶媽並幾個小丫頭在那裡便一手攥了紫鵑的手使着勁說道我是不中用的人了你伏侍我幾年我原指望咱們兩個總在一處不想我說著又喘了

一會子閉了眼歇着紫鵑見他攥着不肯鬆手自己也不敢挪動看他的光景比早半天好些只當還可以回轉聽了這話又寒了半截半天黛玉又說道妹妹我這裡並沒親人我的身子是干淨的你好歹叫他們送我回去說到這裡又閉了眼不言語了那手却漸漸緊了喘成一處只是出氣大入氣小已經促疾的很了紫鵑忙了連忙叫人請李紈可巧探春來了紫鵑見了忙悄悄的說道三姑娘瞧瞧林姑娘罷說着淚如雨下探春過來摸了摸黛玉的手已經涼了連目光也都散了探春紫鵑正哭着叫人端水來給黛玉擦洗李紈趕忙進來了三個人纔見了不及說話剛擦着猛聽黛玉直聲叫道寶玉寶玉你好說

到好字便渾身冷汗不作聲了紫鵑等急忙扶住那汗愈出身子便漸漸的冷了探春李紈叫人亂着攏頭穿衣只見黛玉兩眼一翻嗚呼

香魂一縷隨風散　愁緒三更入夢香

當時黛玉氣絕正是寶玉娶寶釵的這個時辰紫鵑等都大哭起來李紈探春想他素日的可疼今日更加可憐也便傷心痛哭因瀟湘館離新房子甚遠所以那邊并沒聽見一時大家痛哭了一陣只聽得遠遠一陣音樂之聲側耳一聽却又沒有了探春李紈走出院外再聽時惟有竹梢風動月影移墻好不凄涼冷淡一時叫了林之孝家的過來將黛玉停放畢派人看守

等明早去回鳳姐鳳姐因見賈母王夫人等忙亂賈政起身又爲寶玉惛憒更甚正在着急異常之時若是又將黛玉的兇信一回恐賈母王夫人愁苦交加急出病來只得親自到園到了瀟湘館內也不免哭了一塲見了李紈探春知道諸事齊備便說很好只是剛纔你們爲什麽不言語叫我着急探春道剛纔送老爺怎麽說呢鳳姐道還倒是你們兩個可憐他些這麽着我還得那邊去招呼那個冤家呢但是這件是好累墜若是今日不回使不得若回了恐怕老太太擱不住李紈道你去見機行事得回再回方好鳳姐點頭忙忙的去了鳳姐到了寶玉那裡聽見大夫說不妨事賈母王夫人略覺放心鳳姐便背了寶

玉緩緩的將黛玉的事回明了賈母王夫人聽得都唬了一大跳賈母眼淚交流說道是我弄壞了他了但只是這個丫頭也忒傻氣說著便要到園裡去哭他一塲又惦記著寶玉兩頭難顧王夫人等含悲共勸賈母不必過去老太太身子要緊賈母無奈只得叫王夫人自去又說你替我告訴他的陰靈並不是我忍心不來送你只爲有個親疎你是我的外孫女兒是親的了若與寶玉比起来可是寶玉比你更親些倘寶玉有些不好我怎麽見他父親呢說着又哭起來王夫人勸道林姑娘是老太太最疼的但只壽妖有定如今已經死了無可盡心只是葬禮上要上等的發送一則可以少盡偺們的心二則就是姑太

太和外甥女兒的陰靈兒也可以少安了賈母聽到這裡越發痛哭起來鳳姐恐怕老人家傷感太過明仗着寶玉心中不甚明白便偷偷的使人來撒個謊兒哄老太太道寶玉那裡找老太太呢賈母聽見纔止住淚問道不是又有什麼緣故鳳姐陪笑道沒什麼緣故他大約是想老太太的意思賈母連忙扶了珍珠兒鳳姐也跟着過來走至半路正遇王夫人過來一一回明了賈母賈母自然又是哀痛的只因要到寶玉那邊只得恐淚含悲的說道既這麼着我也不過去了由你們辦罷我看着心裡也難受只別委屈了他就是了王夫人鳳姐一一答應了賈母纔過寶玉這邊來見了寶玉因問你做什麼找我寶玉笑

道我昨日晚上看見林妹妹來了他說要回南去我想沒人留的住還得老太太給我留一留他賈母聽着說使得只管放心罷襲人可扶寶玉躺下賈母出來到寶釵這邊來那時寶釵尚未回九所以每每見了人到有些含羞之意這一天見賈母滿面淚痕遞了茶賈母叫他坐下寶釵側身陪着坐了纔問道聽得林妹妹病了不知他可好些了賈母聽了這話那眼淚止不住流下來因說道我的兒我告訴你你可別告訴寶玉都是因你林妹妹纔叫你受了多少委屈你如今作媳婦了我纔告訴你這如今你林妹妹沒了兩三天了就是娶你的那個時辰死的如今寶玉這一番病還是為着這個你們先都在園子裡自

然也都是明白的寶釵把臉飛紅了想到黛玉之死又不免落下淚来賈母又說了一回話去了自此寶釵千回萬轉想了一個主意秪不肯造次所以過了回九纔想出弄個法子來如今果然好些然後大家說話纔不至似前留神獨是寶玉雖然病勢一天好似一天他的癡心總不能解必要親去哭他一場賈母等知他病未除根不許他胡思亂想怎奈他鬱悶難堪病多反覆倒是大夫看出心病索性叫他開散了再用藥調理倒可好得快些寶玉聽說立刻要往瀟湘館來賈母等只得叫人抬了竹椅子過来扶寶玉坐上賈母王夫人卽便先行到了瀟湘館內一見黛玉靈柩賈母已哭得淚亂氣絕鳳姐等再三勸住王夫人也哭了一場李紈便請賈母王夫人在裡間歇着猶自落淚寶玉一到想起未病之先来到這裡今日屋在人亡不禁嚎啕大哭想起從前何等親密今日死別怎不更加傷感衆人原恐寶玉病後過哀都來解勸寶玉已經哭得死去活來大家攙扶歇息其餘隨来的如寶釵俱極痛哭獨是寶玉必要叫紫鵑來見問明姑娘臨死有何話說紫鵑本來深恨寶玉見如此心裡已回過来些又見賈母王夫人都在這裡不敢洒落寶玉便將林姑娘怎麽復病怎麽燒毀帕子焚化詩稿並將臨死說的話一一的都告訴了寶玉又哭得氣噎喉乾探春趁便又將黛玉臨終囑咐帶柩回南的話也說了一遍賈母王夫人又哭

起來多虧鳳姐能言勸慰略略止些便請賈母等回去寶玉那裡肯捨無奈賈母逼着只得勉强回房賈母有了年紀的人打從寶玉病起日夜不寧今又大痛一陣已覺頭暈身熱雖是不放心惦着寶玉却也掙扎不住回到自己房中睡下王夫人更加心痛難禁也便回去派了彩雲帮着襲人照應並說寶玉若再悲戚速來告訴我們寶釵是知寶玉一時必不能捨也不相勸只用諷刺的話說他寶玉倒恐寶釵多心也便飲泣收心歇了一夜倒也安穩明日一早衆人都來瞧他但覺氣虛身弱心病倒覺去了幾分于是加意調養漸漸的好起來賈母幸不成病惟是王夫人心痛未痊那日薛姨媽過來探望看見寶玉精神略好也就放心暫且住下一日賈母特請薛姨媽過去商量說寶玉的命都虧姨太太救的如今想來不妨了獨委屈了你的姑娘如今寶玉調養百日身體復舊又過了娘娘的功服正好圓房要求姨太太作主另擇個上好的吉日薛姨媽便道老太太主意很好何必問我寶丫頭雖生的粗笨心裡却還是極明白的他的情性老太太素日是知道的但願他們兩口兒言和意順從此老太太也省好些心我姐姐也安慰些我也放了心了老太太便定個日子還通知親戚不用呢賈母道寶玉和你們姑娘生來第一件大事況且費了多少周折如今纔得安逸必要大家熱鬧幾天親戚都要請的一來酬愿二則咱們吃

盃喜酒也不枉我老人家操了好些心薛姨媽聽說自然也是喜歡的便將要辦粧奩的話也說了一番賈母道偺們親上做親我想也不必這些若說動用的他屋裡已經滿了必定寶丫頭他心愛的要你幾件姨太太就拿了來我看寶丫頭也不是多心的人不比的我那外孫女兒的脾氣所以他不得長壽說着連薛姨媽也便落淚恰好鳳姐進來笑道老太太姑媽又想着什麼了薛姨媽道我和老太太說起你林妹妹來所以傷心鳳姐笑道老太太和姑媽且別傷心我剛纔聽了個笑話兒來了意思說給老太太和姑媽聽賈母拭了拭眼淚微笑道你又不知要編派誰呢你說來我和姨太太聽聽說不笑我們可不

依只見那鳳姐未從張口先用兩隻手比着笑彎了腰了未知他說出些什麼來下回分解

紅樓夢第九十八回終

